KB074556

새가 노래하는 집

새가 노래하는 집

송길자 시집

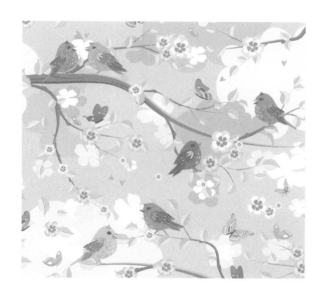

The House Where the
Birds Sing

예미

　내가 처음에 시와 시조를 접하게 된 것은 1970년대 후반 우연히 주부 클럽이라는 여성단체에 들어갔을 때였다. 당시 주부 클럽에서는 유명한 문인을 한 분씩 초청하여 특강을 개최하였는데 조연현 선생님, 초정 김상옥 선생님, 백수 정완영 선생님, 박재삼 선생님의 강연을 듣게 되었다.

　회원들은 각자 시를 한두 편씩 써서 냈었는데, 그중 내가 쓴 시가 김상옥 선생님 눈에 드신 듯 일부는 조금 접고 읽으셨다. 다소 무섭고 엄하셨지만 초정 선생님의 강연에는 얼마나 가슴이 쿵쾅거리며 마구 울렁거렸던지. 그리고 다음 회에 이어진 백수 정완영 선생님의 강연은 또 얼마나 포근하던지.

　청정한 산 숲의 물소리와 바람 소리 같은 두 분 시조 시인의 만남으로 답답하고 무거웠던 나의 일상을 잠시

라도 잊고 벗어날 수 있는 새로운 충격이라니. 순간이
나마 감사하며 폭 젖게 되었다.

초정 선생님과 백수 선생님을 뵙고부터는 마음이 분
주해지기 시작했다. 꿈속 문학文學 열기가 서서히 몸과
맘이 타는 줄 모르게 샘솟아 올랐다. 그 후 두 분 선생
님과 잦은 만남을 갖게 되었으며, 많은 시와 시조를 읽
게 되었고 새로운 생활을 꿈꾸면서 서서히 나의 꿈은
긴 소설이나 장문보다는 시에 흠뻑 빠져들게 되었다.
운을 띄어 모든 표현을 다 할 수도 있는 시조는 길게 읊
어지면 장시조로, 짧게 나오면 단시조로 내가 나를 노
래하면 되겠구나 싶어 그때부터 시조의 운을 맞추며
결국은 시집까지 낼 생각에 이르렀다. 나에게 초정 선
생님은 무섭고 엄격한 아버지셨고, 백수 선생님은 한
없이 포근하고 온화한 어머니셨다.

나는 늘 노래하는 새들을 좋아했다. 좁은 새장에 갇
힌 듯 내 인생의 고루함과 힘들었던 생활에서 들끓어
오르는 서글픔을 잊고 이리저리 즐겁게 날아오르며 노
래하는 새가 되고 싶었다. 두 분을 찾아뵙고 지도를 받
게 된 나는 작고 초라한 집안에서도 노래하는 새가 되

었다.

두 분을 그리며 이제야 시집『새가 노래하는 집』을 펴
낸다. 첫 시집『달팽이의 노래』를 낸 것이 1994년이었
고, 두 번째 시집『강 건너 봄이 오듯』을 2007년에 펴냈
는데, 첫 시집을 낸 지 거의 30년만에 세 번째 시집을
내게 되었다. 그동안 과연 내가 정말 잘할 수 있을까 망
설임도 많았다.

하지만 그래도 용기를 내어 지난 15년간 틈틈이 썼
던 동시조와 자유시를 함께 모아 묶어 본다. 이른 새벽
이면 새들이 노래하듯이… 고달픈 하루와 긴 밤을 이
겨 낸 듯이.

팔순을 넘긴 이 계절에
이향怡香 **송길자**

차례

동시조 편

시조 편

사설시조 편

자유시 편

동화 속의 고향 마을

초봄

누굴까
산과 들에
물감을 듬뿍 찍어놓아

두 팔을
걷어붙이고
그림판을 젓고 갔나

집마다
진을 친 노랑 울타리
개나리 너울 구름

밀물
- 바다와 갯벌

집게발
들고 오는
파도에 올라탄 채

물새랑
갈매기가
다림질하는 바다

꽃게랑
조가비 노래도
감쪽같이 지워내죠

장마철이면

하늘 문
닫아걸고
검은 커튼 드리우고

하느님도
더우실 땐
소나기 목물하시나 봐

이따금
궁금하시면
창도 빼꼼 열어보시고

꿈도 젖은 저 미리내

미리내 미리내라니
절로 흐른 저 미리내

젖은 꿈속에서도
굽이 트는 저 미리내

깊은 잠
꿈속에서도
젖어 내린 저 미리내

미리내

나는
나는
은하수보다
'미리내'가 더 예쁘당.

우리 집 용마루에
비스듬히 누운 냇물

깊은 잠
꿈속에서도
굽이 트는 물소리랑.

컴퓨터 속에서는

작디작은 컴퓨터에선 강물이 흐릅니다.
아래서 위로 흘러도 쏟아지지 않습니다.
금물결 은물결 쳐도 제자리서 빛납니다.

산과 강 들이며 집 문자들이 뛰놀고요
빨 주 노 초 파 남 보, 되누워도 고운 그들
강물은 음악에 맞춰 춤도 추며 흐릅니다.

놓쳐버린 푸른 꿈도 뭉게뭉게 피어나고
온 세상 이야기엔 순도 잎도 꽃도 피고
죽음도 컴퓨터 속에선 강물 되어 흐릅니다.

별

천둥 번개 무서워서
엄마 품에 얼굴 묻으면

포근한
엄마 가슴
짭조름한 바다 내음

잠들면
등댓불 하나
깜박이죠 꿈속에 별

고장난 시계

시침과
분침이는
팔짱 끼고 잘도 가더니

하늘 가신
할머니처럼
절룩이는 저 발걸음

참참이
가다간 쉬고
쉬었다 간 또 가네.

보름달

이 다 빠진
할머니 달이
빌딩 위에 떠 오르네.

틀니도
없는 모습
구름으로 입 가린 채

말씀도
다 흘리시고
호물호물 웃으시네.

눈 내린 아침

창밖에 포슬포슬 밤눈 내려 쌓이더니
성에가 유리창에 산수화를 그리지요.
싸리울 초가집이며 채소밭에 밭고랑까지

저녁 연기 피어오르는 강 마을도 그리고요.
댓돌에서 눈을 터는 울 엄마도 그리고요
씨감자 무 싹이 돋는 움집까지 그리지요.

주름진 이맛살도 펼쳐가며 환히 웃는
엄마 얼굴 끌어안듯 창을 안고 뺨 비비면
봇도랑 녹아내린 듯 성에 강도 흐르고요.

멀리 선 삽살개가 눈밭에서 뒹굴어요.
씨감자 눈 트는 소리 홰치는 장 닭 소리
산 까치 우짖는 소리 온 마을이 흔들리죠.

꽃샘바람

스며드는
꽃샘바람은
심술쟁이였나 봐요

문 열고 들여다보기에
세배 온 줄 알았더니

문마다
열어젖히고
흙먼지를 끼었네요.

학교 길

장 닭
홰치는 소리
놀라 깨는 시계 소리

친구들
재깔대며
학교 가는 골목길은

책가방
몽당연필도
뛰어가던 학교길.

반딧불이

차례로
손들고 나온
이야기도 참 많은데

어둠은
단추처럼
별들을 달고 와서

뜰 앞에
져버린 꽃잎
찾아 달고 있어요.

햇빛과 봄바람

햇빛과
봄바람은
요술쟁이 같아요

백목련 높은 가지에
하얀 편지 접어놓고

라일락
꽃망울들을
팝콘처럼 달았어요

코스모스

나도 한번
활개 치고
소리 칠 날 있으려나

언제 한번
친구들과
여행할 날 있으려나

떠나는
기차를 보며
목을 뽑는 코스모스

민들레

잔디밭에
모여 앉은
낮에 나온 찬란한 별

햇빛도
눈부시고
꽃술도 눈부시고

빛나는
이 금빛 훈장
누구한테 달아줄까?

눈

높고 높은
하늘나라엔
씨아를 돌리시는

실 잣는
할머니들이
많이 모여 사시나 봐

그러게
목화 꽃송이
지천으로 쏟아지지...

앞 강에 봄이 오면
- 고향 돛단배

싸리산
솔바람이
강을 건너 읍내로 오면

안개 속에
돛 단 배들은
서울을 향해 떠가고요.

아기 섬
비단 조개들도
눈 비비고 나오죠.

봄은 미용사

햇빛에
반짝이는
얼음 반, 못 물도 반

보리밭
푸른 머리
곱게, 곱게 빗겨주고

양지쪽
꽃모종 위엔
연지 곤지 찍어요.

삘기 꽃

눈부신
피라미 떼
구름 타던 고향 강물

강 건너
아빠 생각
무덤가에 올라서면

한낮에
별빛도 비치네
우리 아빠 삘기 꽃

악보

새들이 오선지에 어깨 걸고 나란히 앉아
부리를 마주 대고 잠이 든 척하다가도
가볍게 어깨를 치면 모두 함께 노래하죠.

먼 하늘 그리는지 깃털들은 나풀나풀
골짜기를 돌아 나와 냇물 타고 흐르는지
피 리 릭 물살을 치는 하늘소리 새소리

꽃잎에 앉은 햇살 춤을 추는 나비 언덕
무지개 먼 산에 걸고 날아 앉은 새들의 모습
물안개 내리는 소리 풍금 치는 냇물 소리

개구리

언제나
비 소식을
담고 있는 눈망울

풀잎을
차고 올라도
내려앉는 풀잎 한 장

연못엔
연잎이 한 장
연잎 위엔 하늘이 한 장

버들강아지

흰 구름
푸른 하늘
놀고 있는 돌개울에

털옷 입은
버들강아지
나뭇가지에 나란히 앉아

애들아 -
돌자갈 밑에
송사리 떼 부른다.

구름 기차

하늘에
구름 기차
물 위에도 구름 기차

가재랑
물방개랑
기차 타고 떠납니다

연잎에
청개구리도
구름 타고 떠납니다

밥풀 꽃

- 박태기 꽃

오용 용
한 잎 따서
굴뚝새 물고 가고

휘-익 휘-익
휘파람새
휘파람도 물고 가고

바람에
발을 구르면
다람쥐도 물고 가고

청둥오리

저 멀리
북녘에서
날아온 청둥오리

하늘빛
목에 감고
살얼음 밀어내고

물속에
머리 숙이면
구름이 흔들려요

바다와 갯벌

파도가 놀러 가며
비워 둔 갯벌 속엔

조개랑 갯지렁이랑
산낙지랑 가자미랑

또 누가 숨었을까요
아장아장 걸어올까요

파도가 집게발 들고
꽃게처럼 걸어오면

물새랑 갈매기랑
다림질하는 푸른 바다

꽃게랑 산낙지 얘긴
지워지고 마는 갯벌.

고향의 봄

아침이면 아침마다 강 자락을 이끌면서
세종 임금 효종 임금께 인사하던 고향의 봄
신륵사 바위 위에도 풀어놓던 고향의 봄

어떤 이는 고향의 봄이 강물 위에 먼저 온다 하고
강 건너 싸리산에 먼저 온다는 이도 있지만
언제나 나에게 먼저 찾아오던 고향의 봄

오리와 기러기와 한강

물새와 구름이 나란한 한강에선
공사판이 한창 벌어졌었지요!

보기만 해도 험상스런
불도저 포크레인 트럭들이 서로 질세라
강바닥을 파 올리고 둑을 쌓고
토관을 묻고 물길을 내고
자리 보아 물고기 집도 지어 주었지요.

공사를 한 것은
사람이나 기계들뿐이 아니었지요.

저 멀리 북녘에서 날아온 청둥오리와
멱 감던 기러기 떼들도 하늘에 높이 날아올라

부드러운 나래 깃으로 연신 하늘을 업고 내려와
은하수 푸른빛을 강물에 보태주었고
우리의 한강은 이렇게 되살아나서
밤섬은 맑고 푸른 물을 두르고 앉아
철새와 물새알을 나란히 품게 되었고요

밤이면 은하수도 내려와서
기인 꼬리를 강물에 잠기게 되었지요.

별 하늘 바라보며

하나 뜨면
초저녁별
두 개 뜨면 너와 내 별

빗금 긋는
별똥별은
우리 마당에 놀러 온 별

엄마랑
평상에 누워
세어보는 별 하늘

얼마나
반짝이면
눈이 부서 못 세겠니

햇빛도
사뿐사뿐
흔들리는 아지랑이

물새들
종종걸음에
예쁜 발도 다 데겠네

판문점 까치

눈이 쌓인 산과 들엔 빈 철길도 같이 갑니다.
기차는 달리다 말고 녹이 슬어 멈춰 선 역
기적은 멈춰 섰지만 꿈을 안고 같이 갑니다.

임진강 나루에 서서 눈물짓는 엄마 아빠
북녘 까치 남녘 까치 서로 만나 노래하는
저 너머 푸른 하늘엔 휴전선이 없나 봅니다.

판문점 산 까치는 별들처럼 다정합니다.
조약돌 어루만지며 굴러가는 냇물같이
물비늘 반짝이면서 콧노래도 부르고요

임진강 푸른 물은 종이학을 안고 흐르고
우리가 날린 학은 꿈을 업고 날아오르고
끊어진 이야긴 잇고 끊어진 다린 놓겠지요.

판문점 까치 소리는 별빛도 피워내고
흐르는 푸른 강물은 조약돌도 굴러내고
콧노래 씻어주면서 물비늘로 반짝이죠.

내 고향 가는 날은

고향 가는 꿈을 꾸고
버스표 손에 쥐면

차표는 비늘이 돋아
냇물 속을 파닥이고

차창 밖
고속도로는
물굽이 쳐 흐릅니다.

아기게 걸음으로
기어 오던 고향의 봄

푸른 갈기 흩날리며
콧김 부는 백마처럼

내 마음
고속도로를
한달음에 달립니다.

새들의 음자리표

처음에는 빈 하늘에
걸쳐놓은 줄이었죠

전봇대와 전봇대 사이
그냥 걸친 줄이었죠

새들이
앉고부터는
노래가 흘러나오죠

새들이 날아 앉자
전깃줄은 팽팽하고요

새들과 새들 사이에
고운 음표 그려졌고요

새들이
흩어진 하늘엔
저녁노을 출렁였죠

봄 눈 내리는 밤

높고 높은 하늘에서
춤을 추며 내리는 눈

귀엣말 속말하며
소곤대며 내리는 눈

오늘은
산수유나무
노란 잠도 다 깨겠네.

높고 높은 하늘에서
낮게 낮게 눈 내리네.

민들레 꽃씨처럼
사뿐사뿐 눈 내리네.

내일은
냉이 꽃다지
제비꽃도 눈뜨겠네.

이슬

이 한밤
창밖에선
천사가 나는 소리

사그락 사그락사그락
날개옷 스치는 소리

남몰래
삼킨 눈물인가
별빛 젖어 내리는 소리

나뭇잎
풀잎 위에
내려앉으면 이슬 되고

빨강 꽃에
내려앉으면
빨강 빨강 이슬 되고

하늘로
못 오른 눈물은
반짝이는 별빛 되고

무궁화

짙푸른
차양아래
푸른 바람 일어서면

월드컵
태극기처럼
파도치는 무궁화꽃

하늘땅
들끓어 오르는
그 함성이 들려오네

그 눈빛
환한 뜨락
꽃그늘 아래서면

어질고
고운 노래
굽이치는 파도 소리

세상을
울리던 함성
꽃잎마다 펼치네

아가야 풍선, 아가야 종이배

너는 오색 풍선이다
달콤한 솜사탕이다

네가 둥실 내 하늘 위에
높이 뜨지 않았다면

하늘이
뭐가 곱겠니.
손도 닿지 않는 하늘이

나무의 노래

가로등

된서리 찬이슬에 익을 대로 익은 불빛
타는 목 길게 늘인 목이 마른 사슴이지
내 줄 것 다 내준 엄마 풀어 헤친 맨가슴이지

가을 소곡

먼 고향 논두렁 길 햇메뚜기 살 오르는 날
비원 후미진 뜨락 타고 있는 저 단풍잎
한 탯줄 받아 든 목숨 나도 이리 물드네.

구름

숨죽여
가꿔온 게
나무였나 사랑이었나!

비익조比翼鳥
연리지連理枝를
감히 내가 그릴까만

흰 구름
이을락 끊일락
푸른 하늘에 그리시네.

귀뚜라미

손주 놈이
사다 기른
창가에 귀뚜라미

일흔 해
사면초가四面楚歌를
제가 대신 달래 주는지

가을 해
긴 꼬릴 잡고
제 노래를 하는 건지

그릇을 닦으며

시작도 끝도 없는 둘레를 문지르며
풀 길 없는 삶의 둘레 궁그리며 새겨본다.
무릎을 꿇고 닦다 보면 저승길도 환히 뵈고

어머니의 어머니 그 파뿌리 같은 내력도
새기며 닦을수록 제 빛이 드러나고
어두운 전생의 거리 구석구석 켜진다.

꽃 피는 4월인데

하늘은 봄비 내려 언 땅을 녹이는데
눈물인지 빗물인지 흐린 눈 닦아내랴
오소소 잦추는 추위 뼛속까지 스미네.

인정은 써늘해도 나무들은 눈을 트네
봄여름 가을 겨울 이제 몇 번 더 볼 건가
우수수 몰리는 바람 문고리를 흔드네.

겨울나무

그저 나는 한갓되이 겨울나무 같았니라
젖은 몸 시린 가지 호젓이 드리우고
가느단 소명의식召命意識만 껴안은 채 살았니라

멀리서 가까이서 헐뜯던 매운바람에도
섬인 양 묵묵히 서서 내 자리를 지켰니라
오늘도 외진 골짜기 입 가린 채 흘렀니라

때로는 연어 되어 어린 날로 돌아도 가고
거스를까 물길 잡다, 해가 지고 달도 지고
제 자리 주저앉은 채 뒤안길도 돌았니라

내 뜰에

청명한 오월五月을 입고
산을 흠뻑 마시고 싶다

산뜻한 바람을 신고
지혜智慧의 산에 올라

향기론
말씀을 담아
내 안에 심고 싶다

딸을 혼자 두고 오며

비좁고 썰렁한 방에 자취하라 남겨 둔 채
돌아오는 열차 속에서 눈물 흘린 어미 마음
날 보며 제가 떠나듯 봄비처럼 흐느껴

여리디여린 몸매 지칠 일만 남았건만
삼키고 웃어주며 잘 가라고 흔들던 손
단풍잎 얼부푼 손이 유리창에 매달려

봄여름 다 지나고 가을 해도 설핏한데
노을빛 쌓인 하늘 끼니는 때웠을까
찬바람 때리는 소리에도 소스라쳐 놀란다.

때로는

- 적요寂寥

때때로 시름에 겨워 멍청히 젖는 날이 있다
세계를 돌아보듯 지구의地球儀나 돌려보다가
호젓이 남산에 올라 내가 나를 내려도 본다

아득한 시공을 뚫고 훨훨 나는 새도 보고
강가에 우뚝 선 나무 초롱한 눈망울도 보다가
산안개 온몸에 젖어 돌아오는 날도 있다

독백

맛도 없는 나이를 땅콩인 양 주워 먹고
징검다리 건너오듯 징검징검 에 왔는데
저어도 하늘은 높고 나는 점점 낮아라

태풍도 안 데려간 적막에 앉은 나를
해님도 못 짊어진 골도 깊은 그늘에 앉아
쏟아도 넘치는 고독 혼자 붓고 마시네

도토리의 노래
- 이미 가신 언니를 생각하며

떨어진
잎새처럼
옷자락도 목마르다.

한 겹씩
벗고 나면
또 찾아올 겨울 한 겹

기쁘고
어여쁜 일들
또 오리라 노래한다.

뚝밤

사는 일
너무 버거워
죽고 싶다 몸부림치니

깨어라, 일어나라,
짓뭉개다 세월 다 보낼래?

말씀이
뚝밤이 되어
일어나게도 하시네

모천母川에 닿고 싶다
- 사모곡思慕哭

황토 물 정화시킨
백반처럼 살으신 곁으로

이 물길 거슬러서
연어처럼 돌아갔으면

다 접고
모천母川에 가 안길거나
휘감기는 이 물결

몽블랑을 보며

폭서暴暑에도 녹지 않는
높은 산 지붕을 보며

하늘의 종소리와
세상의 노래를 듣네

천계가
따로 있던가
새처럼 날아도 보네

내가 나를

버리자니 아깝고 씹자니 쓰고 떫고
혀끝에 굴러다녀 이리저리 밀어도 본다만
밀어도 못 나가는 집 남아있는 나는 뭘까

문

방에만 틀어 앉으면
바깥세상 감감하고

밖에 나와 돌아보면
집안일이 또 궁금해

이승 저승 따로 없어라
열리지 않는 문이 하나

보았나!
- 바다 앞에서

보았나
절벽을 끌어안고
무너지는 저 파도를

보았나
부챗살 펼쳐 들고
솟아오른 해돋이를

보았나
눈시울 적시며
젖어 드는 저녁노을을

봄 눈
- 춘설 春雪

고요한 산과 들
마을에도
눈 내리네

나타나고
사라지며
꼬리 무는 되뇌임들

질펀한
향연도 한 때라고
조곤조곤 쌓이네

불면의 밤

잠든 양 눈을 감아도
눈 못 감는 꿈의 바다

물차는 갈매기는
끼룩끼룩 맴도는데

피와 살
삭아 내린 채
닻줄 하나 내려 있네.

산행

이리 타는 목마름을
아실까 모르실까.

오르고 또 올라도
높고도 가파른 산

오늘도
지혜智慧의 석청石淸을 딸까.
허위 단심 또 오르네

붓글씨를 배우며

'새들 날아간 숲은 적막하다'던 말씀처럼
품었던 자식들이 비워 둔 허전한 숲
켜켜이 쌓인 적막을 한 겹씩 넘겨본다.

그림인지 말씀인지 남기고 간 풍죽風竹인지
지렁이 울음소린지 붓글씨로 써보다가
먹물 든 창밖을 보니 구름 비켜 가고 있다.

늦깎이 학창이라 잠시 눈을 감아도 보면
천계가 따로 있나 가슴 여는 푸른 동산
구름은 하늘을 열어도 하계下界 아득 멀어라.

샘솟는 물이라고

발을
거는 것이
어디 돌부리뿐이랴

두 눈을 흐리는 게
어디 산안개뿐이랴

골 깊이
샘솟는 물이라고
또 어디 다 약수랴

생각의 바다
- 물고기 사설

내가 어떻게 이승에 초대받았기에
이 어설픈 의상을 하고 광활한 바다에 떠
물비늘 일으키면서 거센 물살 휘젓는 걸까

쉬지 않고 난타하는 거품 문 파도 소리와
모래밭에 종종이는 물새 소리나 들으면서
맥없는 지느러미로 짠물 토해 내는 걸까

전생에선 미물이었나 나무였나 먼지였나
그곳서도 혼자 떠돌던 고삐 놓친 바람이었나
아니면 또 어느 산마루 감고 돌던 구름이었나

선인장 길

지친 하늘
홀로 지고
걸어가는 열사熱砂의 길

제 가시
제가 찔려
피 흘려온 이 사막 길

오늘도
불타는 지평선
노을에 젖어본다...

산

산은
산을 낳고
그 산이 또 산을 낳고

덤덤한
사람들이
그 바다에 띄워 논 산

아파라,
말 없는 봉분만
안고 사는 이 산은

섬 이미지

우주에서
건너다보면
지구가 별이듯이

저승에서
내려다보면
이승 또한 섬이겠지

밀물과
썰물 사이에
떴다 잠긴 나날도 섬

한 바다
차고 이우는
부침浮沈의 사이사이

그가
나를 보듯
나도 그를 바라본다만

가까이
혹은 멀리 앉은 듯
그와 나도 섬이지

세월이 약이라기에

두 눈 질끈
감았다 뜨면
다시 새해 새날이려니

세월이
약이라기에
소태 같아도 삼켰거니

눈물은
슬픔의 언어言語
고독은 방부제防腐劑인가

무주공산無主空山에 와서

아무도 없는 공산空山
임자 없는 적막강산에

스승님 혼자 와서
잠이 들어 계십니까?

더운 정情
목련꽃 한 송이
여기 두고 갑니다.

쓰르라미

사철
휘청 이며
빗금 치는 내 노래를

나뭇가질
휘어잡고
밤낮없이 울어 쌓더니

아직도
덜 울었는지
쏟아붓네 쓰리아리얌.

시詩와 새

날마다 허릴 없이
옥수수알이나 헤어보듯

허공이나 쪼아대다
하늘 멀리 날아간 새

그 새가
별빛이었나
잃어버린 시詩였나

신륵사에서

신륵사 종소리에 목어木魚도 잠을 깨고
구구구 들비둘기 산 까치는 날아드는데
강물만 기척이 없네, 세월 잠긴 옛 나루터

궂은 비 젖은 나날 한양을 지나 바다로 갔나.
영월루迎月樓 벼랑 아래 깎아지른 저 칼바위 끝
흐르는 물길 한 자락 옛 생각을 씻누나.

안정安定을 위하여

짧은 신호음도 없이
배터리가 나간 봄 한 철

사방은 어둠에 묻혀
어디나 불통인데

귀뚜린 막막한 어둠
제가 갈 듯 노래하네.

어떤 풍경

꽃잎 같은 초대장 들고 인파 타고 찾아가서
정성스레 목례 한 다발 안겨주고 들어서면
목이 긴 두루미 한 쌍 솔바람을 일으키네.

순결은 애달파라 구름 위에 가린 운명
찬 이슬 날개 적시며 같이 살자 눈길 주며
건네던 푸른 언약이 깃털처럼 나부끼네.

어머니 성좌星座

한 목숨 저당하고 나를 키워 주신 엄마
눅눅한 장마철도 문풍지 울던 밤도
어머니 따뜻한 사랑 모닥불이 타오르네

낮이면 꽃 이야기 밤이면 별 이야기
귓속말 조곤조곤 들려오는 성좌너머
한 밤 내 베갯머리를 적셔주던 그 꿈길

하늘 길 장엄해도 대지는 창백하고
서러운 실개천이 늘 가슴에 돌아드는데
이 밤도 함박눈 내려 하늘 소식 쌓이네.

연리지 連理枝

우리가 나무라면 그대와 나는 연리지連理枝네
우람한 글 나무에 내 작은 노래가 감겨
한 목숨 다할 때까지 가지되고 잎도 피니

두 마음 한뜻으로 나란히 하늘 향해
흰 구름 붓을 들어 물소리도 새겨가며
두 나래 비익조比翼鳥 되는 꿈도 서로 채색하니

창공을 누비다가 땅에 내릴 몸이라면
굳이 하늘을 덮는 비익조는 나는 안 되리
차라리 두 몸이 엮여 땅에 심는 연리지 되리

임의 노래
- 스승을 그리며

아득한
세월의 언덕
새소리는 여울치고

신 새벽
조등祖燈인 양
시시로 켜지는 불빛

흘러도
마르지 않는
임의 노래 흐르네

장마

휘몰아친 모진 바람 쏟아지던 이 폭풍우
급류로 돌아 흐르는 흙탕물 바라보네.
사람이 살던 터전도 속절없이 다 묻히네.

그친 비 또 내릴까 마음이 조바시네.
물 위엔 건져 올릴 그림자 하나 없고
난간에 기대선 하루 흘러갈 일 생각네.

재회 再會

솔바람 푸른 달도 잠겨 있는 찻잔 속에
찰랑이는 그리움은 눈으로 마시든가
받은 차 앞에다 놓고 말을 잃고 바라만 보네.

입김을 걷어내고 부화되는 언어들은
세월에 쌓인 먼지 털어내는 눈길인데
눈앞은 자욱한 밀림 흰 눈발만 나부껴

적막강산

문 열면
밀물처럼
감싸 안는 적막강산寂寞江山!

너 아니면
이 방에서
누가 나를 반기겠나.

아파라
네가 내 반려伴侶인데
내가 자꾸 잊느니

너 있어
옛날은 가깝고
어제 오늘이 먼 건가

그리움은
무곡舞曲인 양
아른대는 춤사윈데

속과 겉
따로 있던가
원경遠鏡이 따로 없네.

거리 距離

그대는 수평선水平線이
나는 지평선地平線이

그대는 하늘과 바다에
나는 하늘과 땅에

팽팽히
줄 고른 수금竪琴처럼
거리를 두고 사네

눈썹달 아래서도
보이지 않는 속 내

내가 수평을 보듯
그대는 지평을 보는가

바람을
달래는 호수
구름을 일군 초원인 듯

단 한 장 오선지五線紙에

태어날 때
이미 받아 든
이 한 장 오선지五線紙에

나는 어떤 멜로디를
그리다 가는 걸까

치솟는
화산도 재울
냇물 소리나 그리고 싶다

높고 깊은
슬픔 기쁨을
아름아름 다 뿌리고

굽이굽이 돌아가며
촉촉히 다 스몄는지

켜켜이
젖은 말씀이
꽃으로도 피는가 보고 또 본다.

새 한 마리 그도 놓치고
- 하늘 문 닫아걸고

하늘 문 닫아걸고
커튼을 드리운 창가

축 처진
어깨너머
비바람도 건너가고

엎드려
흐느끼는 창가
까만 씨앗 몰려오네.

지고 갈 짐도 없이
지쳐버린 늙은 소녀

새 한 마리
그도 놓치고
바라보는 저 빈 하늘

종소리
울고 간 하늘가
뚜욱 떨어지네! 노을 한 채

한여름 밤의 꿈
- 부재不在

한생애 오고 가며 주고받은 눈빛들이
이슬로 땅에 스며 잔뿌리 내렸던가!
이른 봄 새싹이 돋고 꽃눈 촉촉 트더니

살아온 이야기도 다 나누지 못했는데
잃아누운 소식만이 걸려있는 서산마루
노을빛 걸린 무지개 눈 감아도 떠 있네.

호숫가 물그리매 지쳐 누운 폭서暴暑에도
한 오리 줄을 잡고 일어설 줄 알았는데
그 소식 삭은 줄인가 끊겨 아니 보이네.

두통 頭痛

내 머리는 벌집인가
잉잉대는 땅벌인가

아니면 사지육신 갈아대는 채판인가
꽃가루 나르는 소리 날개 서로 부비는 소리

발 끝에
꿀물 이기며
역사役事하는 벌집인가

효종의 달

능보다 둥근 저 달
산보다 더 무거운 달

풀지 못한 꿈이 서려
중천을 맴도는 달

다 못 운
효종의 달이
골짜기를 밝히네.

눈물로 밝혀 들면
둥근달이 등이 될까

북녘 오랑캐 땅
귀양 갔다 돌아온 달

삼백세
일월을 건너도
눈 못 감네, 효종의 달

호수의 노래

빙하기 氷河記

결혼의 바다는 참으로 광활한 얼음 바다였지

문 열고 들어서면 만년설萬年雪로 덮인 왕국
가꿔온 꿈의 날개 얼어붙은 빙하왕국氷河王國
고봉高峰들은 삐죽삐죽 줄줄이들 서 있었고
머리끝엔 무슨 안테나 무슨 깃발 나부꼈지
무시로 쏟아붓는 조소嘲笑와 조롱嘲弄들로
가지마다 꽃눈들이 틀 새 없이 얼어붙었지
수억 톤의 빙산들이 행여 녹나 둘러봐도
봄은 하늘에 올랐는지 자취도 보이질 않고

해안을 둘러친 빙산 하늘길도 막막했지

감히 세한도를 생각하다

아파트 뒤뜰을 거닐다가 연초록 새순을 보았네

쥐나 고양이나 강아지 발길에도 밟히면 금시 꺾일지도 모를 새순들이 7mm 잔디 아래서 해맑은 눈빛으로 나를 올려다본다. 내겐 마치 모진 설한봉에 서 있는 세한도 그림이듯 나도 잠시 어린 싹이 되어 푸른 소나무를 본다. 이렇게 잘 다듬어진 반 뼘 잔디 아래 어린 순 하나로 꺾일 듯 부러질 듯 짓밟힐 줄 모르면서도 돋아난 그를 본다

오늘도 하느님의 오묘한 사랑의 눈빛을 보네.

길

내 길은 풍랑을 헤치며 온 귀향길이었네.

무시無視와
멸시蔑視와
모멸侮蔑과
증오憎惡와
모함에 짓밟히고 뭉개지며 살아왔네.

하늘을 찌를 듯 원망과 절망을 하면서도
질경이처럼 일어서는 끈기를
주님이 지켜 주셨음이니
그럼으로 나의 희망은 죽지 않았네.

겸손은 오만을 이기고
겸손은 증오를 누르고
겸손은 절망을 이기고
겸손은 참뜻을 알게 하고
그제야 하느님의 참사랑에 이르게 하셨음을
오-랜 세월을 겪고서야 깨달았네.

오늘도 말씀을 따라 한 발씩 걸어가네.

빛을 찾아서

남은 날의 충전을 위해 플러그를 찾는다.

무지無智를 북인 양 치고 지혜를 하늘에 찾아
책을 읽고 스승을 찾고 박물관을 더듬어도
내 밤하늘은 깨치지 않고 그 별빛 어디고 없어
두드리고 무릎 꿇고 눈을 부벼도 캄캄한 오밤중

더듬일 높이 세워도 플러그도 없는 빙벽

털실을 풀며

돌돌 말아두었던
정한靜閑도 다 못 풀었는데

무슨 정한情恨 이리 많아
도리 돌돌 말아두었누?

해맑은 메아릴 짤까
호수 속에 구름을 짤까?

멍하니
호수에 잠겨
언저리만 짜고 도네.

소백산을 넘으며

단양으로 가기 위해선
꼭 넘어야 했다.

머리까지 눈을 덮어쓰고
죽은 듯이 엎드려 있는 백호 등허리 길을
조심조심 딸애가 차를 몰아 돌아 가는데
실눈 뜨고 풍기 마을이 속삭인다.

내가 이렇게 흰 눈 덮고 죽은 듯이 엎드려 있지만
사계절 내내 피 묻은 역사를 품고 있는 거란다.
좌우엔 대해大海를 끼고 창망한 수천水天을 건너
영원을 꿈꾸고 있는 거란다.
천지를 뒤엎던 포연砲煙 속에
튀던 살점과 낭자했던 핏물과
분수처럼 솟구치던 그날의 그 분노도
함께 보듬고 누워있는 거란다.

지금은 털 끝이라도 건드려 깰까 두려운 일
깨우려면 깊이 잠든 통일이나 깨워야 할 일
어쩌면 순한 양처럼 길게 엎드려 있지만
천의 비상飛翔을 품었노라고
폭포처럼 쏟아지는 폭설 속에서 조곤조곤 속삭인다.

역사의 푸른 강물은 언제나 말없이 흐르듯
소백산은 내게 꿈적 눈인사를 보낸다.

빙긋이 보내는 하느님 윙크에
나도 찡긋 인사하며 산정을 돌아 나온다.

한라산에 올라

한 생을 살았어도 인생을 다 모르듯
백록담에 올라서도 산은 다 못 보았네.

수많은 측화산側火山을 두루두루 거느리고도
산과 바다, 하늘과 태양과 함께 우뚝 서 있는 한라
아스라한 계곡과 절벽을 딛고 선 그 웅혼雄渾 앞에
한기를 느끼고야 마른 풀 같은 내가 보여.
산이거나 사람이거나 상상봉은 위태로워
발아래 눈길 주다 먼 바다를 바라보네.
눈을 이고 구름을 보듯 나를 보는 한라산이
울고 난 종소리처럼 우렁우렁 들리는 속엣말
산이 나를 알까, 내가 산을 다 짚어 알까
흥얼흥얼 노래를 흘려도 갈증은 고여
끝내는 산도 하늘도 그냥 두고 돌아서고
예까지 찾아와서 나는 무엇을 얻었는가

시간은 스키를 타듯 산허리를 스쳐 갔고
햇살은 차창을 열고 몸속으로 뛰어들어
홀로 선 고사목에 잠시 눈길 두었다가도
긴 세월 떠나지 않던 나의 겨울
나의 탄식을 알아보듯
고사목枯死木이 산상山上에서, 잘 가라며 손 흔들고
구름처럼 환하게 웃어주며 섰는 바위 또한
모두 함께 손 흔드는 한라의 눈 한라의 바람
억만년 귀 울림 같은 산의 노래를 들으며

노래만 죽지에 싣고
새처럼 날아왔네.

호수의 노래

나는 고요한 호수
돌 하나도 던지지 말아요.

엇갈리는 세상살이라고 던지지 말고 즐겁다고도 던지지 말아요. 비록 그대 아니더라도 날아가는 참새 깃에도 나는 흔들리고 소리 없이 허공을 나는 구름결에도 흔들리고 보이지 않는 바람결에도 나는 흔들리느니. 오! 사랑이여! 그림자 두고 가는 흰 구름이여! 나는 고요한 호수! 무엇이든 비쳐질까 두려운 호수! 그대 가슴에 그리움 아직 남아있다면 조용히 그림자만 두고 가세요.

저 산이
내 가슴 깊숙이
그림자를 두고 가듯이...

겨울의 노래

숲이 그리우면

인정人情이 그리우면 사람을 만나고
숲이 그리우면 산을 찾는다?

산은 골이 깊으면 깊을수록
산 향 짙고 그윽한데
울창한 사람 숲에선 왜 자꾸 찬바람이 일까?

때때로 찾아 나서는
인맥人脈 학연學緣 지연地緣 따라
만났다 헤어지지만
유난히 싸늘하고 눅눅한 바람만 일 때가 더 많아
오늘도 돌을 차며 산에서 내려온다.

돌아와 현관에 들어서면
갑자기 와락 안기는 싸늘한 바람

머릴 저으며 소파에 백을 놓고 털썩 주저앉으면
여전히 허전한 수풀

며칠을 안간힘 쓰다가도
다시 만나는 산이며 사람

이 세상에서 제일 무서운 게 사람이고
또 이 세상에서 제일 그리운 게 사람이지만

왜일까?
다시 산이 멀어도
좁고 구부러진 긴 골목을 지나
차를 타고 다시 사람을 만나러 가는 것은.

새벽안개 속에는
-명동성당을 가며

새벽 강에
하나둘씩
빈 배
나가듯

하나둘씩
교회로 향하는
새벽

거리마다 늘어선 빌딩이
강 언덕에 우거진 나무들 같네.

추억을 길게 늘인 나무 아랜 듯
가로수 빈 의자에 잠시 앉으면

샛강 물을 건너오는 그대가 보여
바지 걷고 건너오는 그대가 보여

살얼음 걷어차며 꼿꼿이 서서
당당하게 다가오는 그가 보고 싶었지!

오늘도 지친 어깨 수척한 그를
꿈 속엔 듯 잠시 보는 쓸쓸한 기쁨

뽀얀 안개 속에서 맞을 양이면
그는 없고 물 위엔 다시 안개뿐

소리 없이 잠시 보는 그를 만나러
안개 낀 새벽이면 다시 문을 나서네.

욕망欲望의 노래
- 내 아직 다 부르지 못한 노래

그는 우리들의 이성理性을 먹고 자라
우리들의 꿈을 수장水葬한다.

그가 즐기는 주식主食은
우리들의 불안과 우수와 혼돈과 방황
우리들의 성숙하는 꿈의 가지들을 하나씩 쳐가면서
수중 터널 속에 서서히 우리를 가둔다.

우리들은 미소 띤 그의 본능을 눈치채지 못하고
어둠과 절망의 바다에 깊이 빠져서야!
눈이 먼 이성에 몸부림친다.

하지만 낙망하지 말자
아니 절규하지 말자
드디어 좁은 문틈으로 들어오는
한 줄기 찬연한 빛의 목소리가 있으니까

"너는 누구냐, 네가 지금 서 있는 곳이 어디냐"
나직하고도 준엄한 목소리를 들을 테니까, 그러면
"뭐가 뭔지 도무지 모르겠습니다."
맥없는 대답은 하지를 말자
우리가 숨 쉬고 있는 한은
아니 견딜 수 있는 한은

지금 이 자리에 서기까지 얼마나 힘겹게 왔더냐
지금 터널밖엔 우리들의 참회를 위하여
바다의 한쪽 어깨를 쓸어주는 바람이 있고
천문에 기대어 미소 짓는 성 베드로와 천사들이 있고
거친 손 잡아주시는 주님이 계시잖니

허리 휜 등을 타고 내리는 바람의 전언도
뿌리 내린 희망이 흙 속에 아직 살아있느니
줄기줄기 솟아오르는 말씀의 샘물도 있느니

차라리, 욕망, 그로 하여
우리들의 마음 귀가 밝아졌고
비로소 은근하고도 준엄한 목소리에 갈증도 삭히느니

이젠 욕망, 그 뿌리를 뽑고
따사한 말씀의 향기를 심자!
타오르는 담쟁이처럼 하늘 높이 뻗어 오르자!
말씀을 향해 높이, 높이 뻗어 오르자!

강물을 보며
- 해포 강가에서

누가 흐르는 물은 모두 아름답다 했던가?
우거진 나무 사이로 물안개 자욱한데
조용히 흐르는 그의 물살을 보며
나는 잠시 내 꿈을 실어보았네
-조용한 물이 깊다기에-

어느 날 백조처럼 유유하던 그도
비좁은 협곡峽谷이라 부대끼는 신음呻吟일까
수위水位를 늘리기 위한 비명悲鳴일까

물비늘 반짝이던 그 물살 속에서
휘젓는 물갈퀴 소리를 들었네
겉으론 온유한 듯 몸부림치는 그 물살을
나는 감히 잡지 못했네
보이지 않는 수심水深 속 그 부담負擔과 괴리乖離들을
잠재우기엔 나도 이미 기진했었으므로
아니 이미 나도 참담慘憺해 있었으므로

언제부터인가 강물은 소용돌이치듯
슬그머니 산을 휘돌아나갔고
나는 먼 산 노을만 젓고 있었네
때때로 포근했던 그리움도
언젠간 예리한 날을 세울지도 모를 물살

나는 돌이 되고 이끼에 덮여서야,
가기만 가고 되돌아 흐르지 않는 물살임을 알았네

갈 테면 가라지, 아주 빨리 그리고 멀리,
아주 멀리 흘러가라지.
흐르고 흘러서서 먼바다에 이르면
수없이 맴돌던 그 여울 잠시나마 생각할까?
바위에 부대끼어 부서지지도 못하고
회오리치던 그 물살 기억이나 할까?

이젠 서성이지 말고 건너야 하리
돌아보지도 말고 앞만 보고 건너야 하리
물살도 거친 희망의 강
오만과 편견의 강

모두가
착각의 긴 강물임을
알아야 하리.

영화 '여름의 조각들'을 보고

갑자기 조폭들로부터 쫓겨나와
지하 단칸방에 틀어박혀
먼저 하늘나라로 간 부모 형제들을 그리는 이즘
이렇게 그냥 떠나면 다시 눕지 못할 이곳

종종 보내오던 슬픈 눈길들이며
아쉬움이 넘쳐흐르던 우정들이며
은근히 등에 꽂던 적의의 눈빛들마저
이내 평온을 찾을 것이고

나 떠나고 나면 그림자도 안 남을 이곳
타다만 불티도 안 남을 이곳

한두 장 사진, 혹은 한두 권 시집
아니, 아니, 한 줄 시詩도 사라질 것인데

나는 무엇을 서러워하고
누구를 그리워하고
또 무엇이 아쉬워
이리 연연하고 있는가?

팔순八旬 날의 단상

거울 앞에서
한 장 좋은 모습이 되기 위해 머리를 빗는다.

쏟아진 머리카락 구부러진 웨이브 길로
멀리서 뽀얀 안개 헤치며 기차가 얼굴을 내민다.

기차는 차츰 다가와
설 듯 말 듯 주춤대다 그냥 지나간다.

스물한 살 역驛에서 나를 싣고 가던 열차
쉰 살 역에 내려놓고 아주 멀리 가던 열차
팔순八旬 역에 다가와 설 듯 말 듯
주춤대다 그냥 가는 열차

무슨 할 말 남았었던가,
자벌레처럼 무엇을 재다 가는 걸까

짧은 순간에 맞고 보낸 간이역簡易驛!

그래, 그래, 잘 가거라!
언젠 내가 널 오라 해서 왔고
또 언젠 내가 널 가라 해서 떠나갔느냐?

쏟아진 머리카락 쓸어 올리며 손 흔드나니
그래, 그래, 잘 가거라!
뒤엉킨 일들이람 이제라도 풀고 가려무나.

창밖은 해 종일 봄비 내리고
팔순 역에 앉아 나는 다시 머리를 빗는다.

겨울일기

우린 이 세상에 태어날 때부터
이미 죽음을 예약 받고 나왔지.

나이 들수록 그에 대한 생각이 부쩍 늘어
가던 길도 자주자주 멈추게 되지.

초대한 적 없는 데도 불쑥불쑥 나타나는
그 불청객의 무례無禮라니

젊어선 바쁜 생활 속에 보이지 않던 그가
어찌 그리 당당하게도 아무 데서나 나서는지

그런데 오늘은 하늘나라에 계신 엄마를
불쑥 내 앞에 모셔다 놓아

난 또 금시 너무 반가워
엄마야 - 하다간 한동안 소리내어 울기도 했지.

죽음만 기다리시던 엄마의 그 슬픈 나날을
지금은 벌써 내가 살아
그 싸늘한 고독의 나이테를 겹겹이 감아 둘렀네.

이렇게라도 엄마와 함께 있게 해준 그에게
글쎄, 슬쩍 고맙다는 눈인사라도 보내야 하나?

때마다 하느님도 더 자주 나타나시지
아니, 아니 늘 내 곁에 가까이 서 계시지.

숲속 나무며 꽃들이며 모래알이며
모든 사물 앞에서 천사와 스승을 주시고
나뭇가지에선 잎이 되어 푸른 말씀도 하시고
바람이며 물소리로도 이르시는 주님

"똑딱똑딱, 네 자리 네 본문, 네 자리 네 본분"
쉬지 않고 들려주는 생체生體의 리듬
사계四季의 시침으로 들려주시는 하느님의 속말

때때로 내가 "저는요, 여자 토마스예요"라고 응석 부리면
"그래서 너도 날 꼭 만져봐야 믿겠느냐"며 웃으시고

젓가락으로 딩동댕 그릇마다 두드리면서
"하느님, 저는요, 작은 종지일까요 대접일까요
아님, 작은 접시일까요"라고 물으면
허허허 웃으시며 슬며시 사라지시지!

"이 식탁에서처럼 너도 네 그릇에 잘 담겼느냐?"며
등 뒤에서 조곤조곤 말씀하시고,
"잠깐씩이나마 너도 내 신호를 기다려 본 적이 있느냐"
라며 신호등으로도 물으시는 하느님

오늘은 식탁에 둘러앉은 식구들을 보며
신호등도 무시하고 건너온 길들을 되돌아본다.
오! 번뜩이는 섬광!

나는 깜짝 놀라 후다닥 일어 앉아
설마하니~ 그 불청객도 하느님의 모상摸象이었나?
때론 사자使者의 모습으로도 서 계심을 내가 구분 못하고
엉뚱하게도 그냥 불청객으로 알았었나 ~

아직도 참 목소리와 모습을 구분 못하는
이 아둔한 돌머리를 하느님 자주자주 깨우쳐 주세요.
하지만 주님! 용서해 주시는 거죠.
오 ~ 나의 하느니임 ~ !

그와 함께 계시면 제가 어찌 분별하오리이까?
어려운 비유와 은유는 말고요.
직유直喩로만 말씀해 주세요. 하느님~

지척도 분간을 못하는 나를 깨우치시는구나.
저절로 오~ 나의 주님!!! 크게 불러본다.

하느님은 참 오묘도 하시지.
아무렴 시시때때로 나타나셨다간
빙긋이 웃으시는 하느님이시지.

우리는 세상에 태어날 때부터
이미 그분의 품을 예약 받고 나왔지.

새가 노래하는 집

초판 1쇄 발행 2023년 6월 30일

지은이	송길자
발행처	예미
발행인	박진희
기 획	진혜경
편 집	황부현
디자인	김민정

출판등록 2018년 5월 10일(제2018-000084호)

주소 경기도 고양시 일산서구 중앙로 1568 하성프라자 601호
전화 031)917-7279   **팩스** 031)918-3088
전자우편 yemmibooks@naver.com

ⓒ송길자, 2023

ISBN 979-11-92907-13-0 03810

• 책값은 뒤표지에 있습니다.
• 이 책의 저작권은 저자에게 있습니다.
• 이 책의 내용의 전부 또는 일부를 사용하려면 반드시 저자와 출판사의 서면동의가 필요합니다.